AF586469

L'HEUREUX RETOUR,

COMÉDIE

EN UN ACTE ET EN VERS,

AU SUJET DU RETOUR

DU ROI;

Représentée pour la premiere fois par les Comédiens François, le 6 Novembre 1745.

ACTEURS.

M. ARGANTE, bon Bourgeois.

AGATHE, Fille de M. Argante.

AMINTE, Sœur de M. Argante.

LISIDOR, jeune Officier.

DAMON, Avocat.

LUCAS, Jardinier de M. Argante.

LE MAISTRE D'ÉCOLE,
LA MAISTRESSE D'ÉCOLE, } d'Auteuil.
LE CARILLONNEUR,

HABITANS D'AUTEUIL.

TROUPE DE BERGERES.

TROUPE D'OFFICIERS.

TROUPE DE JARDINIERES.

La Scene est dans une Maison Bourgeoise d'Auteuil.

L'HEUREUX RETOUR.

Le Théâtre représente un Jardin.

SCENE PREMIERE.

M. ARGANTE, AGATHE, LISIDOR, DAMON.

M. ARGANTE.

Notre Monarque eſt de retour.
O Ciel ! quelle heureuſe nouvelle !

AGATHE.

Béniſſons mille fois le jour
Qui près de ces lieux le rappelle.

M. ARGANTE.

Mon cœur de joie eſt tranſporté.
Si ce moment eſt plein de charmes,
Ah ! nous l'avons bien mérité,
Et par nos vœux & par nos larmes.

LISIDOR.

Dans ce commun raviſſement,
Vous conviendrez qu'un Militaire,
En ardeur, en amour, l'emporte aſſurément.
Cependant je ne puis m'en taire.
Chaque état nous fait voir l'ardeur la plus ſincere.
Ce doux tranſport eſt général.
(*Montrant Damon.*)
Et Monſieur, dans l'inſtant, plein d'un feu ſans égal,
Quoiqu'Avocat, & mon Rival,
A parlé, raiſonné ſur l'affaire préſente,
Ma foi, je l'avouerai, d'une façon touchante.

DAMON.

Monſieur le Lieutenant, vous en êtes ſurpris!

M. ARGANTE.

Ma fille!...

AGATHE.

Eh! bien, mon Pere?

M. ARGANTE.

Ecoutez, mes Amis.
Dans tous ces jeux que l'on apprête,
Il faut nous diſtinguer. Inventons une Fête:
Du fond de notre cœur donnons notre tribut.
Qu'exprimer nos plaiſirs, ſoit notre unique but.
Nous nous contenterons d'un ſimple badinage:
Oui, d'un léger amuſement.
De talens & d'eſprit le zèle dédommage.
Sous quelque traveſtiſſement,

Courons, volons sur le passage
De ce Roi si charmant.
De nos pleurs nous serons acquittés amplement
Si nous obtenons l'avantage
De le divertir un moment.

LISIDOR.

J'ai mon projet.

DAMON.

Et moi.

M. ARGANTE.

Tous deux vous soupirez,
Tous les deux vous aimez Agathe?
Je vous ai souvent assurés
Que le choix, entre vous, également me flatte;
Mais il ne sera pas plus long-tems indécis.
Celui qui trouvera la plus heureuse idée,
En sa faveur verra ma fille décidée.
Ma fille est à ce prix.
(*à Agathe.*)
N'est-il pas vrai?

AGATHE.

De grand cœur j'y souscris.

DAMON.

On peut, sans se flatter, avoir quelque espérance.

LISIDOR.

Nous verrons.

AGATHE.

Croyez-vous que moi, je m'en dispense?

Non, non, comme une autre, je pense.
Dans ce sujet si beau, qui nous anime tous,
Dans cet heureux instant, le plus cher de ma vie,
Si je ne donnois pas quelques traits de génie,
Je ne me croirois pas digne de mon époux.

M. ARGANTE.

Soit.

LISIDOR.

Je vous sçais bon gré d'une telle saillie.

DAMON.

C'est payer un tribut, que d'être aussi jolie.

AGATHE.

Oh ! point de flatterie.
Laissons les complimens. Ne soyons occupés.
Que de l'allégresse publique.
Songeons à quels malheurs nous sommes échappés ;
Songeons par quels concerts tout un Peuple s'explique.
Qu'avec impatience on attendoit ce jour !
Célébrer ses exploits, espérer son retour,
Bénir cent fois le Ciel de sa convalescence,
Furent nos seuls plaisirs pendant sa longue absence.
Ah ! contre Metz, contre Strasbourg,
Mon cœur étoit bien en colere.
Une autre chose encore a bien sçu me déplaire :
Il m'en reste-là des soupirs ;

Je boude.....

M. ARGANTE.

Contre qui?

AGATHE.

Contre la Médecine.
Elle a trop contraint nos désirs:
Elle en veut toujours aux plaisirs:
Elle est si lente & si chagrine.....

M. ARGANTE.

N'attaquons point les Médecins:
Leur sagesse a rendu nos plaisirs plus certains.

LISIDOR, *d'un ton de petit Maître.*

Les Médecins..... sont bons.

DAMON.

L'autre siécle, la mode
Fut de les ridiculiser.
Alors, apparemment, quelque fausse méthode,
Où leur extérieur pédantesque, incommode,
Donna lieu de les mépriser:
Mais malgré la critique, à nous tromper facile,
L'Art mérita toujours d'être en soi respecté.
Lorsqu'aux premiers Humains le Destin irrité
Refusa l'immortalité,
Il leur laissa du moins cette science utile,
Qui fait que l'homme, après avoir bien médité,
Par une conjecture habile,
De sa vie entrevoit les causes, les ressorts,
Et, pour les rétablir, va puiser les trésors

Qu'offre à son docte choix la nature fertile.
Cet Art a reçu des Mortels
Tantôt l'Exil, & tantôt des Autels;
Souvent, il n'a paru qu'un hazardeux systême.
Mais qu'on soit détrompé; puisque cet Art enfin
A servi notre Roi dans son péril extrême,
Il ne reste plus de problême:
A jamais on dira, c'est un Art tout divin.

LISIDOR.

Je pense comme vous.

M. ARGANTE.

Très-fort je vous approuve.
Mais, nos Fêtes? Quoi donc! N'y penserons-nous pas?

DAMON.

Je suis prêt.

LISIDOR.

Attendez, dans le moment je trouve
Une idée......

M. ARGANTE.

Ah! voici ma Sœur avec Lucas.

SCENE

SCENE II.

AMINTE, LUCAS, M. ARGANTE, AGATHE, LISIDOR, DAMON.

LUCAS, *à Aminte.*

OH! morgué, laissez-nous; morgué, laissez-nous dire.

AMINTE, *à Lucas.*

Un moment, s'il vous plaît.

LUCAS.

Ah! j'en crévons de rire.

M. ARGANTE.

Venez, venez, ma Sœur.
Eh! bien, vous sentez-vous d'humeur
A seconder aujourd'hui notre zèle?

AMINTE.

Mais, mon Frere, je crois,
Qu'au bruit d'une telle nouvelle
Ma joie est toute naturelle,
Moi, qui fus de tout tems amoureuse du Roi!

M. ARGANTE.

Amoureuse! Vous?

AMINTE.

Moi.

L'on connoît ma vertu : mais quoique très-rebelle.....

LUCAS.

Il eſt fâcheux, ma foi,
Qu'il n'en ait rien ſçu.

M. ARGANTE.

Paix.

LUCAS.

La belle Citadelle.
Que ce ſeroit à prendre!

M. ARGANTE.

Eh! Paix.

LUCAS.

Devant vos charmes
Je crois voir un Guerrier.....la.....qui vous rend les armes.

AMINTE.

Je conviens de mon foible; & dès long-tems avant
Son départ pour l'Armée
Ma flamme s'étoit exprimée.
J'ai pris la liberté d'écrire aſſez ſouvent,
En forme de Placet. Il faut que j'y renonce.

LUCAS.

Palſanguenne, le Roi devoit faire réponſe.

AMINTE.

Au dîner ſeulement j'ai quelquefois paru;
Et je me ſuis fait voir tout le plus que j'ai pu.

LUCAS.

Y'a bian d'autres que vous.

LISIDOR.

De l'hommage des Belles
Les Rois ne sont point offensés.

AMINTE.

Je me distinguerai par quelques bagatelles;
Et nous verrons. Avant que deux jours soient passés.....

DAMON.

Vous ne m'étonnez point. Moi, je vous crois sincere;
Et l'amour pour son Roi quelquefois peut bien faire,
Dans le cœur d'une Femme, un effet singulier.
On adora toujours la dignité suprême.
Notre amour pour LOUIS est plus particulier.
La Valeur, la Justice & la Clémence même,
Par lui seul il est grand; c'est lui seul que l'on aime.
Je n'ose rappeller nos funestes destins,
Trop tristes, & trop bien dépeints.

Mais quand une fievre brûlante
Attaquoit ce jeune Héros,
Helas! que l'on se représente
Quel fut le plus grand de ses maux.

Armé, respirant la vengeance,

Pouvant ſeul remplir ſon deſſein,
Dans une fatale impuiſſance
Il gémit d'étouffer ſes projets dans ſon ſein.

Cependant ſa premiere gloire
Pouvoit aſſez flatter ſon cœur.
Faut-il que couronné des mains de la Victoire
On éprouve autant de douleur?

Tout le bien que promet ſa ſageſſe infinie,
N'a jamais été précédé,
Ni par l'oppreſſion, ni par la tyrannie;
A la tranquille Paix la Gloire a ſuccédé.

Si nos Faſtes publics lui comparoient Auguſte,
Il faudroit faire alors quelques diſtinctions.
On diroit, pour en parler juſte,
Auguſte ſans proſcriptions.

LUCAS, *à Damon.*

Je vais vous dire queuques choſes,
Monſieur l'Avocat; ſi jamais
Vous ne plaidiais que de ces Cauſes,
Vous gagneriais tous vos Procès.
C'eſt à mon tour. Voici mon aloquence.

M. ARGANTE.

Oh! tai-toi; nous avons des affaires.

LUCAS.

Je vais

Finir dans l'inſtant.

M. ARGANTE.

Non.

LUCAS.

Un moment d'audience.

AMINTE.

Je vais vous raconter un songe très-flatteur
Que j'ai fait.

LUCAS.

Bon ! un songe ! Oh ! morgué, Sarviteur ;
Ce sont des vérités, moi, qu'il faut que je conte.

LISIDOR.

Voyons son éloquence.

M. ARGANTE.

Au moins qu'elle soit prompte.

LUCAS.

Eh ! oui. Vous sçaurez donc que de Peres en Fils,
Dans Auteuil, de tout tems, j'ons eu de biaux esprits,
Et des Abbés.

M. ARGANTE.

Fort bien !

LUCAS.

Bref, ils étiont grand nombre
Au fond du petit bois, dans le lieu le plus sombre.
J'avons vû qu'ils lisiont, étant rassemblés là,
Des Vars sur des papiers qu'estiont longs comme çà.
J'avançons. Ils parliont du Roi notre bon Sire ;

Ils déclamiont leurs Vars ; moi, j'les acoute lire :
Et le plaisir que'l'ya, c'est que j'les sçais par cœur.

M. ARGANTE.

Tien, va-t-en.

LISIDOR.

Eh ! laissez.

M. ARGANTE.

Oh ! le beau Raconteur !

LUCAS, *déclamant.*

La Renommée a porté la trompette.....
Dans les airs on entend.....On entend dans les airs......
Et puis l'Écho.....

M. ARGANTE.

Va-t-en.

LUCAS.

V'là l'Écho qui répete.....
Le Ciel, & la Terre, & les Mers.....
Phœbu m'inspire.....
Mes accords.....j'les admire.....
Je viens sur les aîles des vents.....
Je viens sur les aîles des vents.....
Dans les Cieux j'éleve ma tête.....

M. ARGANTE.

Va-t-en.

LISIDOR.

Oh ! c'en est trop ; arrête.

Va-t-en.

M. ARGANTE.

Va-t-en.

LISIDOR.

Va-t-en.

LUCAS.

Je vois les ouragans.....

LISIDOR.

Va-t-en.

M. ARGANTE.

Va-t-en.

LISIDOR.

Va-t-en.

LUCAS.

Je vois les ouragans.

M. ARGANTE.

Va-t-en ſur les aîles des vents.

On le chaſſe.

SCENE III.

M. ARGANTE, AGATHE, AMINTE, LISIDOR, DAMON.

AMINTE.

ET mon ſonge ? Il faut bien.....

M. ARGANTE.

Oh ! faites-nous en grace ;

Et nous allons céder la place
Aux Habitans d'Auteuil qui m'ont fait demander
Mon Jardin, pour pouvoir danser tout à leur aise.
(à Lisidor & Damon.)
Oh! çà, mes chers enfans, il ne faut plus tarder.
Songeons à nos projets. Faites que cela plaise.
Allez en quelque endroit rêver seuls un instant.
Par les objets, la verve est aisément distraite.

AGATHE.

S'il faut tout exprimer ce que mon cœur ressent,
J'ai besoin aussi de retraite.

SCENE IV.

M. ARGANTE, AMINTE, LE MAITRE ET LA MAITRESSE D'ECOLE, LE CARILLONNEUR, LES HABITANS D'AUTEUIL.

ENTRÉE.

LE MAITRE D'ÉCOLE, *à Monsieur Argante, parlant très-lentement.*

MOn..si..eur.... Mon..si..eur....

LE CARILLONNEUR, *à M. Argante, parlant très-bref.*

Monsieur, Monsieur.....

LE MAITRE D'ÉCOLE.

Je.. ſuis.. Maître.. d'Ecole.

LE CARILLONNEUR.

Et moi Carillonneur

Et moi Carillonneur.

(*Il chante.*)

C'eſt moi qui fais le carillon;
Je chante de cette façon,
Din din, don don, din din, don don.
Dès le matin,
Tin tin, tin tin,
Sur ce beau ton
Tin tin, ton ton,
A mon carillon je fais dire ;
Vive à jamais le Grand Bourbon ;
Bon bon.
Pour ſa valeur tout le monde l'admire ;
On l'aime parce qu'il eſt bon ;
Bon bon bon bon bon bon
Bon bon bon.
Pour ſa valeur tout le monde l'admire ;
On l'aime parce qu'il eſt bon ;
Bon bon bon bon bon bon.

Danſe du Maître & de la Maîtreſſe d'Ecole, & du Carillonneur.

VAUDEVILLE.

UNE JEUNE FILLE.

Que l'infidele Colin
M'abandonne pour Lifette ;
Que j'éprouve fon dédain,
Que je perde fa fleurette ;
Eh ! qu'eft-ç'que ça m'fait à moi ?
Je vois ce que je fouhaite.
Eh ! qu'eft-ç'que ça m'fait à moi,
Quand je vois notre bon Roi?

UN JEUNE GARÇON.

Que facile à mes Rivaux,
Lifon pour moi foit farouche ;
A mes foupirs, à mes maux
Que fon oreille fe bouche ;
Eh ! qu'eft-ç'que ça m'fait à moi ?
Plus qu'elle mon Roi me touche.
Eh ! qu'eft-ç'que ça m'fait à moi,
Quand je vois notre bon Roi ?

UNE JEUNE FILLE.

Que la nôce de ma fœur
Dans le Carnaval foit faite ;
Que l'on faffe fon bonheur,
Sans fonger à la cadette ;
Eh ! qu'eft-ç'que ça m'fait à moi ?
Je n'en fuis point inquiette,

Eh! qu'eſt-ç'que ça m'fait à moi,
Quand je vois notre bon Roi?

LE MAISTRE D'ÉCOLE.

Que tout mon champ ſoit battu
Par les vents & par la grêle;
Que l'on trouve la vertu
De notre femme un peu frêle;
Eh! qu'eſt-ç'que ça m'fait à moi?
Ma foi, très-peu je m'en mêle.
Eh! qu'eſt-ç'que ça m'fait à moi,
Quand je vois notre bon Roi?

UNE VIEILLE.

Bien loin de mes jeunes ans,
Je ſens que mon terme arrive:
Sans doute dans peu de tems
J'irai voir la ſombre rive;
Mais qu'eſt-ç'que ça m'fait à moi,
Pourvû que mon Prince vive?
Mais qu'eſt-ç'que ça m'fait à moi,
Quand je vois notre bon Roi?

(*On danſe.*)

SCENE V.

AMINTE, LUCAS.

AMINTE, *tenant un papier.*

VIen-çà, Lucas, vien-çà; sans cesse on me plaisante;
Chacun ici me raille, & toi tout le premier:
Mais pour toi, quoiqu'un peu grossier,
Je sçais que tu n'as pas au fond l'ame méchante,
Tu fais même souvent paroître du bon sens.
Je veux te consulter. Je viens encor d'écrire.
De la façon dont je m'y prends,
Dans mes précautions, dans mes raisonnemens,
Voi si l'on peut trouver quelque chose à redire.

LUCAS.

Parlais.

AMINTE.

D'abord; penses-tu, mon Ami,
Que lorsque l'on écrit un Billet, une Lettre,
Un Placet pour le Roi, pareil à celui-ci,
Crois-tu qu'on ait toujours soin de les lui remettre?
De pareils Placets sont-ils lus?
Au Roi sont-ils exactement rendus?

LUCAS.

Oh ! ça n'est pas douteux.

AMINTE.

Je le crois ; car je pense
Que personne jamais
N'eut assez d'ignorance
Pour ne s'y pas servir de termes circonspects,
Pour ne pas témoigner alors tous ses respects?

LUCAS.

Non.

AMINTE.

Ecoute-moi donc. *Sire, une fille sage*
Vous rend depuis long-tems un très-sincere hommage.
A suivre en tout le plus exact honneur
Elle s'est toujours appliquée ;
Mais elle veut du moins, pour l'offre de son cœur,
Paroissant à la Cour, être un peu remarquée ;
Un seul de vos regards va payer son ardeur.

LUCAS.

Bon.

AMINTE.

Si vous souhaitez, Sire, que l'on vous donne
Un Portrait de cette Personne,
En deux mots le voilà.
(Haussant la voix.)
La personne est toute charmante....

LUCAS, *serieusement.*

Morgué, n'mettais pas ça.

AMINTE.

L'attitude noble, touchante .....

LUCAS.

N'mettais pas ça.

AMINTE.

Le regard fin & doux.....

LUCAS.

N'mettais pas ça, car vous y ferais prise.

AMINTE.

Le rire gracieux ; en tout c'est un bijoux.

LUCAS.

Eh ! non, morguenne, eh ! non; ça f'roit une méprise ;
Ça vous mettrait dans l'embarras ;
Quand vous paroîtriais, on n'vous r'connoîtroit pas.
N'mettais pas ça.

AMINTE.

Comment ? Eh ! que veux-tu donc dire ?

LUCAS.

Moi, de bonne amiquié, j'vous baille mon avis.

AMINTE.

C'est parler franchement.

LUCAS.

Cela doit vous suffire :
Car quand je veux parler comme les biaux esprits,

Morgué, je n'sçais ce que je dis.

AMINTE.

Mais enfin....

LUCAS.

Croyais-moi. Ça convient mal d'écrire;
Faire pour sa santé des vœux, c'est-là, je croi,
La meilleure façon de bien aimer le Roi.
Son devancier LOUIS, de célébre Mémoire,
Par exemple, a vécu long-tems.
Eh! bian, v'là ce qui faut. Héritier de sa gloire,
Qu'il soit aussi l'héritier de ses ans.
Pour moi, v'là comme je l'entends.
Mais charcher qu'on nous voie, ou vouloir faire accroire
Que nous avons de l'honneur, des appas,
Tout ça, morgué, je ne l'approuve pas,
Quand on est vaniteux, on'a que du déboire.
Il faut que tout chacun se tienne en son devoir.
Toinett'not'femme, & not'fille Thérese.
Je l'avons vu passer. Quel étoit notre espoir?
Voulions-je en être vus? Non, je voulions le voir;
Et j'l'avons vu tout à notre aise,
Ainsi, par conséquent.....

SCENE VI.

M. ARGANTE, AGATHE, AMINTE, LUCAS.

AGATHE.

Oui, mon Pere, Damon
A déjà sçu trouver.....

M. ARGANTE.

Dans un moment, ma fille.
(*à Lucas.*)
Que je parle à Lucas ! Va vîte, mon garçon ;
Notre jeune Officier te cherche.

LUCAS.

Oh ! jarnombille !
J'y vas. Mais excusais. J'étions ici, Monsieur,
A rac'moder l'esprit de Mamesel'vot'Sœur.

M. ARGANTE.

Va, ne perd point de tems. Pour son projet de Fête,
Lisidor a besoin de toi.

LUCAS.

Parguienne, il a raison. Je ne somm'pas si bête,

M. ARGANTE.

Je t'ordonne, entends-tu, d'obéir comme à moi,
De ne pas épargner ta peine,

LUCAS.

Taiſez-vous donc, marguienne,
Jamais j'nons été pareſſeux.
Et dans un ſi beau jour, j'en vaut une douzaine.
Allais, allais, j'nous entendrons tous deux.

SCENE VII.

M. ARGANTE, AGATHE, AMINTE.

AMINTE, *à part.*

JE vois qu'à mes deſſeins tout le monde s'oppoſe.
Peut-être ont-ils raiſon.
Il faut, je le vois bien, chercher quelqu'autre choſe.

SCENE VIII.

M. ARGANTE, AGATHE.

M. ARGANTE.

OH! pour moi quel plaiſir!.... Eh! bien, ce cher Damon
A donc imaginé....

AGATHE.

Nous ne tarderons gueres
A voir exécuter ce qu'il a composé.
Aussi tôt qu'il s'est proposé
De rassembler d'Auteuil les plus jeunes Bergeres,
Tout a secondé son projet.
Il semble que la Fête
De soi-même s'apprête :
La joie & l'ardeur ont tout fait.
Quand le zèle aux leçons préside,
L'instruction va promptement.
On entend, on conçoit, on s'accorde aisément.
Que le progrès en est rapide!

M. ARGANTE.

Cet Avocat Damon est un homme d'esprit.
Pour lui, je crois, le cœur te dit....?
Ein? Parle un peu.....

AGATHE.

Qui? lui, mon pere?

M. ARGANTE.

Seroit-ce Lisidor qui sçauroit mieux te plaire?

AGATHE.

Mon choix est toujours incertain,
Entr'eux deux je ne fais aucune différence.
Vos ordres en ce jour ont dicté leur destin,
Et doivent décider de cette préférence.

M. ARGANTE.

Si l'hymen, au surplus, ne te convenoit pas,

Et si tu te sentois.....

AGATHE.

Quoi ?

M. ARGANTE.

Quelque répugnance....?

AGATHE.

Oh! point du tout, mon pere.

M. ARGANTE.

Ah! tant mieux. En ce cas,
Cela nous tire d'embarras.
Mais notre monde ici s'avance ;
J'entends des instrumens, & la Fête commence.

SCENE IX.

M. ARGANTE, AGATHE.

Plusieurs BERGERES, vêtues de blanc, tenant des Couronnes de Laurier d'une main, & des Lys de l'autre.

MARCHE.

UNE BERGERE.

Tout annonce notre Maître,
Nous n'aurons plus de soucis ;
Son aspect fera renaître
Les doux plaisirs & les ris :

C'eſt par lui que l'on voit croître
Les Lauriers parmi les Lys.

UNE AUTRE BERGERE.

Près de lui nous pourrons être ;
Tous nos vœux ſeront remplis.
Si-tôt qu'on l'a vu paroître,
Ces lieux ſe ſont embellis.
C'eſt par lui que l'on voit croître
Les Lauriers parmi les Lys.

(*On danſe.*)

DUO.

DEUX BERGERES.

Fiers Ennemis, qu'un orgueil téméraire
Contre LOUIS a raſſemblés,
Tremblez, nouveaux Titans, tremblez ;
Les Dieux l'ont armé du tonnerre,
Pour vous précipiter au centre de la terre.

UNE BERGERE.

Ah ! que plutôt ſes glorieux exploits
A Bellone impoſent des chaînes ;
Que la Paix accorde les Rois,
Et que l'Hymen faſſe des Reines !

(*On danſe.*)

UNE AUTRE BERGERE.

Grand Roi, qui dans le Champ de Mars
Marchez ſur les pas des Céſars,
Que vos Moiſſons ſeront fertiles !
Que de Lauriers vous ſont acquis !

Les cœurs sont les clefs des Villes;
Vous aurez bien-tôt tout conquis.

(On danse.)

LA PREMIERE BERGERE.

Vous qu'une chaîne favorable
Unit au Monarque des Lys,
De vous, tous les cœurs sont ravis;
Vous nous charmez, Reine adorable.
Que le Destin le plus flatteur
A vos vœux sans cesse réponde!
Vous faites le bonheur
D'un Vainqueur
Qui fait celui de tout le monde.

(On danse.)

VAUDEVILLE.

UNE BERGERE.

PAr nos jeux & par nos chansons
Témoignons notre allégresse.
Le Roi charmant que nous servons,
Pour nous est rempli de tendresse.
Dans ce beau jour, célébrons
Tout ce qui l'intéresse;
Réunissons dans le même refrein
Le Roi, la Reine, & le Dauphin.

Chez notre Roi, tout est grandeur,
Noble orgueil, feu guerrier, vaillance.
Chez la Reine, tout est douceur,

Agrément, bonté, bienveillance.
Chez le Fils, tout est ardeur,
Respect & déference.
Que de raisons pour célébrer sans fin,
Le Roi, la Reine & le Dauphin !

Les jours de ce Roi généreux
Intéressent l'Europe entiere.
Son sort ne pourroit être heureux
Sans une compagne si chere.
Au bonheur de tous les deux
Le Fils est nécessaire.
Dieux Immortels, faites vivre sans fin
Le Roi, la Reine & le Dauphin.

(*On danse.*)

SCENE X.

M. ARGANTE, AGATHE.

M. ARGANTE.

L'Intention toujours nous justifie.
Cette Fête, d'ailleurs, me semble très-jolie.
D'écouter & de voir, je n'ai pu me lasser.
Où se cache Damon ? Je voudrois l'embrasser.
Oh! c'est lui sûrement qui deviendra mon Gendre.

A bon droit il peut y pretendre.
Je crois que Lisidor ne peut le surpasser.

SCENE XI.

LUCAS, M. ARGANTE, AGATHE.

LUCAS.

Tout beau, tout beau, ne faut pas vous presser.
Et moi, pour Lisidor je gage.

M. ARGANTE

Pourquoi ?

LUCAS.

C'est qu'j'ons mis la main à l'ouvrage.

M. ARGANTE.

Ah ! la conséquence est fort sage !

LUCAS.

Il nous a commandé. J'ons fait ce qu'il a dit.
J'ons sarvi d'not'adresse ; & lui de son esprit.
Queu drôle de corps ! Tatiguienne .....
Allais, je le donne au plus fin.
On se promene en un Jardin ;
C'est un jardin qui se promene....?
C'est.....

M. ARGANTE.

Ne dis rien.

LUCAS.

Avec....

M. ARGANTE.

Je ne veux rien sçavoir.
Ne sçais-tu pas que ce qu'on prise
Semble ensuite bien moins valoir?
Pourquoi nous ôter la surprise?

LUCAS.

Eh! bian, morgué, vous varrais;
Et dans le même instant vous en déciderais.

AGATHE.

Mon Pere, en attendant, souffrez que je vous dise....

LUCAS.

J'allons retourner là; car je pensons, ma foi,
Qu'ils avont du chagrin de se passer de moi.

SCENE XII.

M. ARGANTE, AGATHE.

AGATHE.

MOn Pere, vous sçavez que je me suis promise
De peindre aussi mes sentimens.

Accordez

Accordez-moi quelques momens,
Et jugez si mes Vers méritent qu'on les lise.
(*Elle lit.*)
Toi, qui fus animé de l'esprit le plus pur,
Moins Peintre du passé, qu'Oracle du futur,
Qui peignis Télémaque.... Ah ! ton Héros respire.
Tu ne racontois pas ; mais tu sçavois prédire.
A côté de Minerve, un Prince adolescent
Voudroit suivre les pas d'un Pere qu'il adore.
Il est doux & brillant, & semblable à l'Aurore.
Ah ! que de fleurs doivent éclore
Au tendre aspect de cet Astre naissant !

Auprès de l'auguste Déesse
On voit encor deux jeunes Déités,
Qui, conduites par sa sagesse,
N'écoutent que ses volontés.
L'une & l'autre suivent ses traces,
Et prouvent cette vérité,
Que l'on peut accorder les Vertus & les Graces,
Et la douceur avec la Majesté.

M. ARGANTE.

En t'approuvant je crains de me flatter ;
Et sur tes Vers, je ne sçaurois te dire
S'ils sont assez bien faits, pour qu'on ose les lire.
Voyons si Lisidor a droit de l'emporter.

SCENE XIII.

M. ARGANTE, AGATHE.

Des OFFICIERS arrivent d'un côté, & de l'autre des JARDINIERES, tenant des Cerceaux de Fleurs.

ENTRÉE.

DEUX JARDINIERES.

Guidez par le Dieu de Cythére
Nous faisons ce qu'il nous prescrit:
Son feu divin nous éclaire;
Et sa chaîne nous réunit.
Son feu, &c.

(On danse.)

O devoir! souvent tu nous causes
De l'amertume & du dépit:
Mais tes chaînes sont des roses,
Quand c'est l'Amour qui nous conduit;
Mais tes chaînes, &c.

(On danse, & les Cerceaux forment des berceaux, des portiques, des galeries, &c.)

UNE JARDINIERE.

C'est en vain que les Fleurs, les Moissons & les
Fruits,
Nous rendent trois Saisons aimables.
Hyver nous te devons un présent plus exquis,
Et des plaisirs plus délectables.

(On danse.)

UNE AUTRE JARDINIERE.

Volez, Plaisirs, que rien ne vous arrête;
Volez, secondez nos ardeurs.
Brillez, animez notre Fête;
C'est la Fête de tous les cœurs.

(On danse.

SCENE XIV.

LUCAS, AMINTE, M. ARGANTE. AGATHE.

LUCAS.

Allons vîte, morgué, j'voulons la préférence:
Baillez-nous-la, sans hésiter.

M. ARGANTE.

Ce que l'on vient d'exécuter
Remet mon esprit en balance:
De leur égale ardeur, je me sens enchanter.

Content de ton obéissance,
Ma fille, à ton penchant je veux m'en rapporter.
Ne crains point de ma part aucune résistance.

SCENE XV.

LISIDOR, DAMON, M. ARGANTE, AGATHE, AMINTE, LUCAS.

M. ARGANTE, *à Lisidor & à Damon.*

CHarmé de tous vos soins, je me vois, mes amis,
Autant que je l'étois, entre vous, indécis.
Il faut, sur un tel choix, que ma fille prononce;
Et ma décision sera dans sa réponse.

DAMON.

Qu'elle daigne parler.

LISIDOR.

Nous lui sommes soumis.

AGATHE.

Puisqu'il faut décider, & que j'y suis forcée,
Voici donc ma pensée.
Mon choix sera conduit par ce commun amour,
Par ce sentiment respectable,
Dont on voit tous les cœurs occupés dans ce jour;
Et par-là, l'Officier me semble préférable.

Du Roi, ſans ceſſe, il ſuit les pas,
Dans les dangers, dans les combats;
C'eſt lui qui le défend, c'eſt lui qui l'accompagne.
Pour une tendre Epouſe, il eſt aſſez fâcheux
D'avoir preſque toujours ſon Epoux en campagne:
Mais quoi! tout effort généreux
Porte avec ſoi ſa récompenſe.
Si de ſuivre le Roi, mon Sexe me diſpenſe,
Si pour lui je ne puis mourir,
Je m'offre par l'Epoux que j'aime;
Ah! que du moins la moitié de moi-même
Soit occupée à le ſervir!
Je vous fais un aveu ſincere.
Enfin; Meſſieurs, réduite à faire
A l'un de vous une eſpece de tort,
Ma main ſera pour Liſidor.

LUCAS.

Morgué, c'eſt bain.

LISIDOR, *baiſant la main d'Agathe avec transport.*

Hélas!

AGATHE, *à Damon.*

Sans être mépriſée,
Votre flamme, Damon, ſans doute eſt refuſée.
Il faut bien ſortir d'embarras.
Que faire? Croyez-moi, ne vous déſolez pas.
En tems de Paix, Monſieur, vous m'euſſiez épouſée.

LUCAS.

Oui, vive un Officier ? ça fait bian plus d'éclat,
C'eſt plus vif, plus léger. Tambour battant, il
méne....
Et pis, c'eſt qu'on a tant de peine
A d'venir veuv' d'un Avocat !

M. ARGANTE, *à Damon.*

Vous êtes, je le ſçais, ſans beaucoup de richeſſe ;
Ma Sœur a de gros biens ; & quoiqu'elle ait, ...
parbleu,
Je vous conſeillerois ....

DAMON.

Ceci mérite un peu
D'y penſer. Cependant, à Rome & dans la Gréce,
En des Jours ſolemnels, on vit maint Citoyen
Se dévouer à la Patrie.
Entr'autres, il y eut un Chevalier Romain
Qui ſe jetta..... ma foi, j'accepte la partie.
Aminte, par hazard, voudroit-elle ma main ?

AMINTE.

J'y conſens.

DAMON, *à Aminte*

Recevez un conſeil ſalutaire ;
Quoique vous ſçachiez bien tout ce que l'on doit
faire,
Madame, faites vous un devoir, croyez-moi,
De changer en reſpect votre amour pour le Roi,

LUCAS.

Pendant que nous avons ici tout notre monde,
Il faut finir par une Ronde.
(On danse.)

VAUDEVILLE,
Chanté par les Bergeres.

REprends tous tes charmes,
Paris : calme-toi ;
Après tant d'allarmes,
Tu revois ton Roi.
Dans sa Ville la plus chere
Il fait son séjour.
Oh! .... ma Bergere,
Oh! l'heureux retour!

Que nos Militaires
Vont dompter de cœurs!
On ne tiendra gueres
Contre leurs ardeurs.
Ils vaincront tout à Cythére,
Comme dans Fribourg.
Oh! .... ma Bergere,
Oh! l'heureux retour!

L'Enfant de Cythére
Qui, depuis six mois,

Oir

Triste & solitaire
  Paroit aux abois,
Va bientôt sur la fougere
  Chanter à son tour:
Oh! .... ma Bergere,
  Oh! l'heureux retour!

Pour faire des Hommes,
  Maint Guerrier revient;
La Ville où nous sommes
  Très-fort leur convient;
Car il est aisé d'en faire
  Dans ce grand séjour.
Oh! .... ma Bergere,
  Oh! l'heureux retour!

La Fête nouvelle
  Ne réussira,
Qu'autant que le zele
  La protégera.
Comme nous, il vous inspire.
  Il doit en ce jour,
Messieurs, vous faire dire:
  Oh! l'heureux retour!

FIN.

www.ingramcontent.com/pod-product-compliance
Lightning Source LLC
LaVergne TN
LVHW012019160826
845678LV00002B/911
9782329660622